그때는 몰랐어요

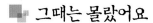 그때는 몰랐어요

1판 1쇄 : 인쇄 2017년 08월 10일
1판 1쇄 : 발행 2017년 08월 15일

지은이 : 정주이
펴낸이 : 서동영
펴낸곳 : 서영출판사

출판등록 : 2010년 11월 26일 제 (25100-2010-000011호)
주소 : 서울특별시 마포구 성미산로 187, 아라크네빌딩 5층
전화 : 02-338-7270 팩스 : 02-338-7161
이메일 : sdy5608@hanmail.net

그   림 : 박덕은
디자인 : 이원경

ⓒ2017정주이 seo young printed in seoul korea
ISBN 978-89-97180-75-2 04810
ISBN 978-89-97180-00-4(set)

그때는 몰랐어요

2017 · 서영

정주이 시인의 제1시집 출간을 축하하며

정주이 시인은 1952년에 순천에서 태어났다. 학창 시절에 무용을 하며 꿈을 키웠고, 문예부로 활동하면서 시인의 길을 걷고 싶어 했다.

그녀는 복받치는 감정을 시로 표현하는 게 '낭만과 예술'이라고 입버릇처럼 말하곤 한다. 또 시를 창작하는 일이 자신의 사랑이고 자신의 전부라고 얘기한다. 시를 통해 힘과 위로를 받고 아픔과 슬픔을 다독이며 눈물을 흘린다는 정주이 시인.

필자가 운영하는 한실문예창작반에 정주이 시인이 우연히 들러 같이 담소를 나누었고, 시 창작과 시 교정에 대해 토론한 적이 있었다.

그 뒤로 얼마간의 공백이 있었다.

어느 날 내가 점심시간에 차를 몰고 가는데, 정주이 시인이 길을 가고 있었다. 이름이 언뜻 떠오르지 않아 대뜸 '예말이요'라고 소리쳤다. 그때 그녀는 뒤돌아보며 반가운 미소를 띄워 주었다. 이게 인연이 되어, 그녀의 닉네임이 '예말이요'가 되었고, 같이 시 창작하는 동지가 되었다.

함께 재미나게 신나게 시 창작 활동을 하던 중, 또 다시

그때는 몰랐어요

그녀는 자취를 감춰 버렸다. 알고 보니, 친정어머니의 병간호를 위해 칩거 중이었다.

아쉬움을 뒤로하고, 각자 따로 문학의 길을 가던 중, 어느 날 그녀로부터 연락이 왔다. 시 창작 생활을 다시 재개하겠다고 했다. 반가웠다.

이후 그녀는 필자가 진행하고 있는 아프리카tv "낭만 대통령의 문학 토크"에 거의 매일 한 편씩 창작 시를 보내오는 창작 열정을 선보였다.

정말 놀라운 그녀의 시 창작 열정, 끈기, 의지, 또 시 창작 표현 기법의 점진적 발전, 그리고 지칠 줄 모르는 도전 정신 등이 연신 감탄을 자아내게 했다.

그러다 월간지에 신인문학상 시 부문에 도전하여, 신인 문학상으로 보란 듯이 문단 데뷔를 했고, 내친김에 시집까지 발간하기로 결심을 굳히기에 이르렀다.

인생을 살면서, 가장 보람 있는 방향 설정을 하지 않았나 싶다.

행복한 박수를 보낸다.

자, 그럼 지금부터 정주이 시인의 작품 세계로 들어가 감상해 보기로 하자.

가을이 익어 가는 낙엽 사이로

함께했던 시간들이

하나둘 떨어진다

비 쏟아져 적시면
석양에 걸린 못다 한 사랑이
심한 갈증 토해낸다

허공에 걸린 붉디붉은 노을 한 자락이
고독의 언저리에 맴돌다
매듭 매듭 얽힌 추억들 쏠어낸다

손톱 밑에 핏물 어리도록
물컹해진 침묵 비틀어 짜서
기억마다 흉터 쓰다듬는다.

- 〈어떤 사연〉 전문

이 시에서의 시적 화자는 가을의 낙엽 위에 서 있다. 거기서 함께했던 시간들이 하나둘 떨어지는 것을 지켜보고 있다. 비 쏟아지고 그친 날은 석양을 바라보며 서산마루에 걸친 못다 한 사랑이 심한 갈증을 토해내는 걸 시리게 지켜보기도 한다. 뿐만 아니라 허공에 걸린 노을 한 자락이 고독의 언저리에 맴돌다 얽힌 추억들을 쏠어내는 것도 지켜본다. 그럴 때마다 시적 화자는 손톱 밑에 핏물 어리도록 물컹해진 침묵을 비틀어 짜서 기억마다 흉터를 쓰다듬는 고통도 맛본다.

시어들의 배치 솜씨가 놀랍다. 이미지 구현 위에 펼쳐

지는 적절한 시어 배치 능력이 뛰어나다. 가을이 익어 가는 낙엽, 석양에 걸린 못다 한 사랑, 매듭 매듭 얽힌 추억들, 물컹해진 침묵 비틀어 짜서 등등의 신선한 표현이 시상의 흐름과 시적 형상화의 기둥 역할을 해주고 있다. 시는 낯설게 하기를 통한 새로운 해석, 신선한 표현이 무엇보다 필요하다는 듯 보여 주는 정주이 시인의 표현 기법에 먼저 눈길이 간다.

기다랗게 팔린 추억은 적요만 맴돌고
바람만 불어도 행여 님이신가 설렌다

마중 나간 그 님은 아니 오고
젖은 꽃잎만 저리 휘날린다

너울대는 그리움 지우려 해도
뜨겁게 내리는 단비에
뼛속 깊이 외로움만 자꾸 칭얼댄다

문풍지 사이로 밀려오는 초조함이
입술 깨물며
진종일 애태우고

갈매기 치마폭에 떠도는 물거품이

머물다 간 자리
안개 덮여 가슴 쓰리다.

- 〈기다림·2〉 전문

　이 시에서의 시적 화자는 추억을 기다랗게 깔아 놓고
있다. 거기에 적요가 맴돈다. 사방이 조용하다. 그때 자
그마한 바람만 불어도 행여 님이 아닌가 하여, 가슴이 설
렌다. 그런데 마중 나간 그 자리에 님은 오지 않고 젖은
꽃잎만 휘날린다.눈앞에 너울대는 그리움을 지우려 해도
쉽지가 않다. 뜨겁게 내리는 단비에 뼛속 깊이 외로움만
칭얼대고 있다. 초조함은 문풍지 사이로 밀려오고 있다.
입술 깨물어 보지만 소용없다. 진종일 애태우며 님을 기
다리는 시적 화자, 그 내면이 안쓰럽다. 갈매기 치마폭에
떠도는 물거품이 머물다 간 자리는 안개가 덮는다. 그래
서 더욱 가슴이 쓰리다.
　추상(추억, 그리움, 외로움, 초조함, 가슴 쓰리다)과 구상(기다랗
게 깔린, 적요, 바람, 젖은 꽃잎, 너울대는, 단비, 뼛속 깊이, 문풍지,
밀려오는, 입술 깨물며, 갈매기 치마폭, 물거품, 안개)의 조화로움,
촉각 이미지(젖은 꽃잎, 입술 깨물며, 가슴 쓰리다)와 시각 이미
지(기다랗게 깔린 추억, 저리 휘날린다, 너울대는 그리움, 문풍지 사
이로 밀려오는, 갈매기 치마폭에 떠도는 물거품, 안개 덮여)의 디코
럼 등이 빚어내는 시적 형상화가 맛깔스럽다. 역시 시는
이처럼 이미지들과 손잡을 때 더욱 빛나는 것 같다.

얽히고설킨 매듭
허리에 두르고
검푸른 떨림으로
시간을 내려놓는다

헐떡이는 둥지는
초침 위로 뱉어내고
덕지 덕지 물든 하얀 고백은
허허로운 불씨만
갈증으로 다독인 채
아릿한 함성을
물그림자 위에 드리운다

가까스로 얻어온 시름도
길게 자란 추억도
덧문 닫힌 상흔도
가시처럼 박혀
시린 밤 달구고 있다.

- 〈달 품은 어느 하루〉 전문

이 시에서의 시적 화자는 성가신 매듭을 허리에 두른
채 떨림으로 시간을 내려놓는다. 둥지는 뱉어내고, 고백
은 불씨만 겨우 갈증으로 다독여 놓고, 함성을 물그림자

정주이 시인의 제1시집 출간을 축하하며

위에 드리운다.시름과 추억과 상흔은 가시처럼 박힌 채 시린 밤을 달구고 있다.

이 시에서 지각적 이미지들이 빛을 발하고 있다. 시각 이미지의 그릇에 검정(검푸른 떨림)과 하양(하얀 고백)을 배치해 놓고, 촉각 이미지(아릿한)와 청각 이미지(함성)의 결합, 구상(길게 자란)과 추상(추억)의 조화로움 등등이 빚어내는 이미지 구현이 아주 멋스럽다.

겨우내 움츠린 침묵은
깃발 흔들어대며
향기로 번져 간다

잔설 녹아든 해묵은 그리움
한 움큼 쥐고서
하얀 속살 파르르 떨구며
무언의 몸부림으로 허물 벗는다

가지에 맺힌 사연들을 쓸어안고
신비로이 꿈을 수놓는다

산등성이에 걸터앉아 여유로움 흩뿌리다
혀끝으로 날아든 설렘
전율 되어

아릿한 순수 온몸에 두르고

백년을 하루같이 하늘빛 머금은 잎새들은
졸고 있는 추억의 여백을
일으켜 세우고 있다.

- 〈백목련〉 전문

이 시에서의 시적 화자는 겨울 내내 움츠리고 있던 침묵이 깃발 흔들어대며 향기로 번져 가는 것을 지켜보고 있다. 잔설 녹아든 그리움 한 움큼 쥐고서 속살 파르르 떨구며 그저 몸부림으로 허물 벗고 있는 것도 내려다본다. 그러다 사연들을 쓸어안고 꿈을 수놓는다. 하루는 산등성이에 걸터앉아 잠시 여유를 즐긴다. 그러다 혀끝으로 날아든 설렘 전율되어 흐르자, 순수를 온몸에 두른다. 바로 그때 하늘빛 머금은 잎새들이 졸고 있는 추억의 여백을 일으켜 세우고 있다.

보라, 시어의 현란한 배치, 그 노련한 표현 기법을! 잔설 녹아든 그리움을 한 움큼 쥐고, 무언의 몸부림이 허물 벗고, 산등성이에 걸터앉아 여유로움 흩뿌리고, 혀끝으로 날아든 설렘 전율 되고, 아릿한 순수를 온몸에 두르고, 졸고 있는 추억의 여백을 일으켜 세우고 등등의 표현 기법이 아주 세련되어 있다. 이미지와 상징과 의미를 시적 형상화로 빚어낼 줄 아는 솜씨, 이게 정주이 시인의 손끝에 매달려 있으니, 어찌 놀라지 않을 수 있겠는가.

못 견디게 보고 싶어하던 그대여
이 세상에 나 없더라도
슬퍼하지 마오

차가운 손 살포시 잡아 주던 그대여
행여 나 못 보더라도
마음 아파하지 마오

얼어붙은 심장을
사랑으로 녹여 주던 그대여
냉가슴 숨죽이며 애써 설움 참지 마오

진한 향기에 빠져 허우적대던 그대여
훗날 문득 내가 생각나더라도
아름답고 황홀했었노라고
책갈피에 고이 접어 간직하지 마오.
　　　　　　　　　　- 〈당신〉 전문

이 시에서의 시적 화자는 사랑하는 그대에게 할 말을
하고 있다. 그 동안 가슴 깊이 새겨 두고만 있었던 고백
을 드디어 봇물처럼 쏟아내고 있다. 못 견디게 보고 싶

은 그대, 진정 마음 다해 사랑하는 그대이지만, 어느 땐가 헤어질지도 모르지 않는가. 만일 내가 죽어 세상을 떠난다 해도, 그대여 슬퍼하지 말라. 평소 얼어붙은 심장을 사랑으로 녹여 주던 그대여, 진한 향기에 빠져 허우적대던 그대여, 냉가슴 숨죽이며 애써 설움 참지 말라. 훗날 문득 생각나 나를 떠올리거든 그저 아름답고 황홀했었노라고 책갈피에 고이 접어 간직하지 말라. 마지막 반전도 재미있다.

시상의 흐름이 자연스럽고, 이미지 위에 이끌어 나가는 시적 형상화, 그리고 반전의 기법이 시의 생동감을 유지시켜 주는 원동력이 되고 있다. 그 어떠한 소재도 표현 기법 위에 빚어내는 솜씨가 예사롭지 않다.

기다림의 끝은
어디인가

아득히 머언 간절함이
기약 없는 추억 더듬으며
헤일 수 없는 메아리로 서 있다

높지도 낮지도 않은
그 자리

냉기 스민 떨림이
터질 듯한 가슴 틀어잡고서

차오르는 목마름으로
짓무르는 눈꺼풀엔
하염없이 눈물만 흐른다.

- 〈보고픔〉 전문

이 시에서의 시적 화자는 기다림의 끝에 관심을 집중
한다. 간절함이 추억을 더듬으며 메아리로 서 있다. 그곳
은 높지도 않고 낮지도 않은 자리다. 그렇지만 기다림뿐
이다. 늘 그립다. 냉기 스민 떨림만이 터질 듯한 가슴 틀
어잡고 있을 뿐이다. 눈꺼풀이 차오르는 목마름으로 짓
무르고 있다. 그 눈꺼풀에는 하염없이 눈물만 줄줄 흐르
고 있다.

여기서 추상의 구상화가 눈에 띈다. 기다림의 끝, 아득
히 먼 간절함, 기약 없는 추억 더듬으며, 냉기 스민 떨림,
차오르는 목마름 등이 한결같이 추상의 세계를 손에 잡
힐 듯 구상화로 이끌고 있다. 그 덕택에 이미지의 선명
함이 자리한다.

달빛 그림자는
고요 속에 잠들고

그때는 몰랐어요

실바람 휘감는 정적은
문풍지 사이로 스쳐가고

그리움으로 지새는 사연은
헛기침 소리에 놀라 돌아눕는다.

- 〈새벽에〉 전문

　이 시에서의 시적 화자는 그리움으로 지새는 사연을 안
고 있다. 주위는 달빛이 에워싸고 있다. 하지만 달빛 그
림자는 고요 속에 잠들어 있다. 어느 순간 실바람 휘감는
정적은 문풍지 사이로 스쳐가고 있다. 또 가슴에 안긴 사
연은 헛기침 소리에 놀라 돌아눕고 있다.

　섬세한 이미지 구현의 진수를 보는 듯하다. 달빛 그림자
가 고요 속에 잠들고, 정적은 실바람을 휘감고, 사연은 그
리움으로 지새고, 그 사연은 헛기침 소리에 놀라 돌아눕고
등등의 표현이 아주 세련되어 있다. '달빛 그림자'와 '정
적'과 '사연'이 모두 의인화 기법을 사용하고 있다. '달빛
그림자'(시각 이미지)가 '고요'(청각 이미지)와, '정적'(청각 이미
지)이 '실바람 휘감다'(청각 이미지, 시각 이미지)와, '그리움으
로 지새는 사연'(추상)이 '헛기침 소리'(청각 이미지)와 '놀라
돌아눕는다'(시각 이미지)와 각각 어우러져 아름다운 하모
니, 멋스런 이미저리를 구현하는 데 성공하고 있다.

한 잔 술에 영혼 달래며
희미한 추억 살포시
즈려밟는다

공허한 마음 보듬고서
긴긴 그리움의 여정
한 올 한 올 꿰어
허기 채운다

결코 닿을 수 없는
애틋함
가슴 맨 밑뿌리까지
적신다

알 듯 말 듯
침묵의 벽을 허물며
까칠한 심장
뜨겁게 태운다.

- 〈어쩌다 만나〉 전문

　이 시에서의 시적 화자는 한 잔 술로 영혼을 달래며 추억을 떠올린다. 마음은 공허하지만, 그리움의 여정 한 올 한 올 꿰어 겨우 허기를 채우며 살아간다. 가슴의 애틋함

그때는 몰랐어요

은 어쩔 수가 없다. 결코 닿을 수 없는 감성, 그게 때로는 가슴 맨 밑뿌리까지 적시기도 한다. 알 듯 말 듯 침묵의 벽을 허무는 때도 있다. 그러면서 까칠한 심장을 뜨겁게 태우는 시간을 보낸다.

　여기서도 구상(한 잔 술, 즈려밟는다, 한 올 한 올 꿰어, 닿을 수 없는, 가슴 맨 밑뿌리, 벽, 까칠한 심장)과 추상(영혼, 공허한 마음, 긴긴 그리움, 허기, 애틋함, 침묵)의 절묘한 조화, 정교한 배치로 시의 이미지를 한층 선명하게 해 놓고 있다.

　　스며드는 상념이
　　적막을 떠올리면

　　덧문 틈새 스산한 바람이
　　희미한 추억을 흔들어 깨우고

　　갈피에 접어둔 그리움이
　　한 겹 한 겹
　　밤새워 달그림자 새긴다

　　침묵은
　　저리 수줍게
　　이슬의 새벽을 더듬는데.

　　　　　　　- 〈겨울밤·1〉 전문

정주이 시인의 제1시집 출간을 축하하며 ▓

이 시에서의 시적 화자는 스며드는 상념에 잠겨 있다. 주위는 고요롭고 쓸쓸하다. 덧문 틈으로 스산한 바람이 들어와 추억을 흔들어 깨운다. 그러자, 마음 갈피에 접어 둔 그리움이 한 겹 한 겹 기어나와 밤새워 달그림자를 새긴다. 더욱 외롭다. 무슨 말인가는 하고 싶다. 하지만 말을 걸 상대가 없다. 할 수 없이 침묵한다. 그 침묵은 수줍게 이슬의 새벽을 더듬고 있다.

아주 섬세한 감성이 시적 형상화 되고 있다. '스며드는 상념'(추상)이 '적막'(구상)을 떠올리고, '덧문 틈의 스산한 바람'(청각 이미지)이 '희미한'(시각 이미지) '추억'(추상)을 흔들어 깨우는(시각 이미지) 장면이 만져질 듯 잘 표현되고 있다. '그리움'(추상)은 '마음 갈피에 접어'(구상, 시각 이미지) 두었건만, 이날 밤 그게 기어나와 '한 겹 한 겹 달그림자'(시각 이미지)를 밤새워 새기고 있는 정경, '침묵'(추상)이 '수줍게 이슬의 새벽을 더듬고'(시각 이미지) 있는 모습 등이 마치 감성의 수채화를 보는 듯하다.

　　쪼그라진 빈 수레가
　　하얀 가운으로 동여맨 채
　　깜깜한 가죽 속으로
　　빠져든다

　　터널 뚫는 기다림에

■ 그때는 몰랐어요

지쳐 버린 갈증은
혈관을 타고 돌다가
따스한 열기로 척추를 일으켜 세운다

차가운 침묵이
흐른 뒤

한 사발의 허기를 달래고
낡은 외로움 한 움큼 쥐고서

무심한 세월은
눅눅한 밤바람에 몸을 뒤척이다
설움 한 조각 슬어내고
자리에 눕는다.

— 〈나의 하루〉 전문

    이 시에서의 시적 화자는 빈 수레에 눈길을 주고 있다. 수레는 쪼그라져 있다. 그 수레는 하얀 가운으로 동여맨 채 캄캄한 가죽 속으로 빠져들고 있다. 기다림에는 터널 뚫는 시간이 필요하다. 그러다 지쳐 버린 갈증이 혈관 타고 돌다가 따스한 열기로 척추를 일으켜 세우고 있다. 차가운 침묵이 흐른 뒤, 시적 화자는 한 사발의 허기를 달랜다. 그리고는 낡은 외로움 한 움큼 움켜쥔다. 곁에 있

정주이 시인의 제1시집 출간을 축하하며 ▮

던 무심한 세월은 눅눅한 밤바람에 잠 못 이루고 몸을 뒤척거리다가, 설움 한 조각 슬어내고는 자리에 눕는다. 이 과정을 다 지켜본 시적 화자의 마음이 외롭고 쓸쓸하고 서글픔으로 축축하게 젖어 있다.

시각 이미지(쪼그라진, 하얀 가운, 동여맨 채, 캄캄한 가죽 속, 혈관, 척추, 일으켜 세운다, 흐른 뒤, 한 사발, 한 움큼, 몸을 뒤척이다, 한 조각 슬어내고, 자리에 눕는다)와 촉각 이미지(따스한 열기, 차가운 침묵, 눅눅한 밤바람)와 청각 이미지(빈 수레, 침묵이 흐른 뒤, 밤바람)의 절묘한 배치, 터널 뚫는 기다림, 지켜 버린 갈증, 차가운 침묵이 흐른 뒤, 한 사발의 허기, 낡은 외로움 한 움큼, 설움 한 조각 슬어내고 등과 같은 구상과 추상의 환상 궁합 등이 시적 형상화와 이미지 구현을 거의 완벽하게 도와주고 있다.

어떠한가. 정주이 시인이 그려내는 감성의 그림, 그 이미지가 감탄을 자아낼 만하지 아니한가. 지각적 이미지들의 조화로움, 구상과 추상의 적절한 활용과 배치가 경이로울 정도다. 표현의 신선함과 낯설게 하기, 사물에 대한 새로운 해석학, 이미저리의 효과 등을 최대한 활용하고 있는 정주이 시인, 젊은 세대 시인들 못지않은 기교파이기도 하다.

시가 시다울 수 있는 건 역시 찰나의 예술, 감성의 세계를 마치 찰나의 그림으로 그려내는 재주, 사물을 바라볼 때 진부하지 않고 새롭게 해석해낼 수 있는 솜씨, 추상의 세계라 할지라도 마치 구상의 세계에서 만져질 듯 그려내는 재능, 시 속에서 만난 보편성을 따라 술술 감동의 전율로 합류케 하는 마술 등에서 비롯된다고 할 수 있다. 이것들을 구비하고 다룰 줄 아는 사람이 다름 아닌 시인이 아닐까. 정주이 시인, 그녀가 바로 우리가 그토록 바라고 원하는 시인이 아닐까.

정주이 시인은 늘 겸허하게 자기 자신을 낮춰 말하지만, 필자가 볼 땐 타고난 시인인 듯하다. 앞으로 지속적인 시 창작을 통해, 제2시집, 제3시집 연달아 펴내기를, 또 독자들에게 이미지 시의 세계로 안내하여 감동을 주는 시인으로, 그리고 오랜 세월이 지났어도 감동의 시인으로 기억되는 시인으로 남아 주기를 기원해 본다.

다시 한 번, 늘 즐거이 또 성실하게 시 창작을 하고, 이를 꾸준히 발표하고, 때가 되면 이렇게 시집으로 펴내는 삶을 꾸려 가고 있는 정주이 시인에게 아낌없는 박수를 보내면서, 동시에 첫 시집 출간을 진심으로 축하드린다. 참 멋지다.

- 무더위 속에서 간혹 소낙비를 뿌려 주는 운치 있는 칠월 마지막 날에

한실문예창작 지도 교수 박덕은

(전 전남대 교수, 문학박사, 문학평론가, 시인, 동화작가, 화가, 아프리카tv BJ)

작가의 말

인생을 걸어오면서 삶의 희로애락을 나의 빈자리에 채워주는 소중한 일을 한다는 것은 가장 큰 행복이라 생각합니다.

복받치는 감정을 글로 표현한다는 것은 낭만과 예술이라고 감히 말하고 싶습니다.

아직 부족하지만 시를 쓰는 일이 사랑이고 내 전부라고 생각하며 살겠습니다.

학창 시절 내가 좋아하던 무용과 문예부로 활동했으나 꿈을 이루지 못하고 늦게나마 시인으로 등단하게 돼 첫 시집을 세상에 알리게 되어 매우 행복하고 기쁩니다.

시를 통해 힘과 위로를 받고 아픔과 슬픔을 다독이며 눈물을 흘리기도 했습니다.

때로는 감당하기 힘든 시련도 잘 견딜 수 있었음을 고백합니다.

어느 날 묵묵히 걸어가는 저를 지도 교수님께서 "예말이요!"라고 큰소리로 불러 뒤를 돌아보게 되었습니다.

그 동기로 인하여 닉네임이 '예말이요'가 되었습니다.

시집이 나오기까지 아낌없이 격려해 주시고 정성껏 예쁜 그림을 그려 주신 한실문예창작 지도 교수 박덕은 박사님께 진심으로 감사 인사 드립니다.

■ 그때는 몰랐어요

한실문예창작 문우님들, 그동안 진심 어린 성원에 감사 인사 드립니다.

　향그런 문학회 문우님들께도 감사를 전합니다.

　또한 못 이룬 꿈을 맘껏 펼치도록 응원해 주고 격려해 준 남편과 가족에게 사랑한다는 말 전하고 싶습니다. 그리고 사랑하는 아들에게도 고마움을 전합니다.

　앞으로도 삶의 활력소가 되는 신비롭고 매력과 감동을 줄 수 있는 소중한 글로 독자에게 인사드릴 것을 약속 드립니다.

　　　　　　－ 태양의 빛깔로 정열 태우는 칠월에
　　　　　　　　　　　시인 정주이

祝詩

정주이

박덕은

들녘 가득
휘몰아쳐 불어오던
노래

어느 날
굵직한 향 뿌리를
내리더니

천년의
시심 나무로
자라났네

하늬바람도
솔바람도
친구 되어 놀다 가고

산야의 고백도
뜨락의 여백도

쉬었다 가는

늘푸르러서 깊고
싱그러워서 높고
정겨워서 너른

오늘도
눈물겨운 감동으로
두루 이파리 두르고서

오래된 전설마저
황홀히 빚어내는
시심 나무로 터 잡았네

이제
향긋한 시어들이
깃발처럼 나풀나풀

강물의 흐름보다
더 당당하고도 강렬히
깨달음 줄기를 세우고 있네.

차 례

1장 — 달 품은 어느 하루

2장 — 마지막 달력을 넘기며

3장 — 어쩌다 만나

그때는 몰랐어요

제1장 달 품은 어느 하루

박덕은 作 [달 품은 어느 하루](2017)

그리움 · 1

모래밭 위로 쏘아 올린 햇살이
베고 누운 노란 꿈을
빛바랜 흑백으로 덮는다
기다림은 속앓이하다 물안개 속으로 사라지고
한 줄기 적막이
자욱한 산허리 휘감아 훑고 지나간다

꽃잎에 맺혀 있는 이슬처럼
황홀하고 은밀한 순간이
시나브로 부풀어 오르고

책갈피마다 일렁이는 바람은
몇 알의 추억 위를 기웃거리고
초록 잎새는 파르르 떨며
풀어헤친 젖가슴 속으로
눈물 되어 흐른다

살포시 고개 내민 초승달은
슬픔 몇 장 쥐고서
조용히 눕는다.

그때는 몰랐어요

그리움 · 2

여름 끝에선
싸늘한 신열로 담금질하고

안개꽃 속에선
마음자락 마구 흔들어댄다

슬픔이 연기처럼 피어오를 땐
작은 회상들처럼
인연의 고리 붙들고
물그림자 포갠다

어스름녘엔
추억 건져 올려 되새김질하다

가늘게 떨리는 언어로 은밀히 속삭이며
애틋한 체온만 남긴 채
잠 못 이루고 돌아눕는다.

나의 고백

작은 허물들 씻고 또 씻어내도
뼈처럼 희고 단단한 슬픔 조각들이
가슴 적신다

숨찬 파도에 이끌려
피어올린 조가비들 한꺼번에 쏟아 놓고

영혼의 속살까지 풀물 든 자리마다
고여 있는 눈물은 그리움

해초가 물밑에서 자라듯
사랑도 타오르는 촛불 앞에
고요히 무릎 꿇는다

침묵의 빛 속에
소박한 진실 하나
끝없는 수평선 위에 눕는다.

유월의 바람

오솔길에 익어 가는 시간들
홀로 걷는 세상
솔향으로 가득하다

종일토록 토해내는 찬란함
꽃 피워내듯 공들여 짜낸
시심 한 모금씩 마시다

황홀함에 취해서
낯선 꿈속 현실에
영혼 적신다.

떠난 후에

시고 떫은 눈물에도
향기 묻어나듯이
오래 묵힌 그리움이
봄햇살 속으로 걸어간다

바람이 데려가는 곳이라면
못 견디게 힘들 때도
눈부신 감동으로 시가 흐른다

이끼 낀 돌층계에 앉아
세월이 가도
늙지 않는 비결이 알고 싶다던 날

마음 두드리는 빗소리는
부스럼 난 논바닥에
얇디얇은 옷 입고
수줍음 한 줄기 마시고 있고

조용히 흔들리다 쓴 편지는
한 잎 한 잎 떨어져 가고 있다.

벼랑 끝에서

깊고 적막한 마음의 동굴 속에
얼어붙은 고드름들
굽이치는 물살 디디고 일어선다

유월의 하늘 그 고통의 깊은 강 건너
하얀 구름들이 승천하여
갈망하고 있다

어둡고 팍팍한 일상에도
빛과 힘 불어넣을 수 있는 언어
가슴에도 흘러들길 원한다

눈물로 표백된 영혼이
순결한 설렘으로
그리움의 축제 불태우고 있다.

유월의 숲

목마름 숨길 줄 아는
하얀 겸손
수줍게 늘어뜨린 등나무 아래서
꽃잎의 향기 주워 모아
헤프지 않게 추억 덮는다

파도에 시달려 온 세월이
침묵으로 키운 산책길에서
시 줍듯 푸르름 흔들어 깨운다

쏟아내는 묵은 날들의 슬픔도
영혼이 엎질러 놓은 그리움도
신음하듯 젖은 마음으로
노을 속에 불타고 있다.

그때는 몰랐어요

봄이 오는 소리

강기슭 오르니 연분홍 미소 휘청거리고
묵은 추억이 설렘 위로 달아오른다

돌아누운 마른 침묵에
핏대 세우고 버무린 풋내음
깃털처럼 솟구치더니
천년의 신비 그려낸다

켜켜이 새겨진 깡마른 영혼은
지독한 몸살로 햇살에 담금질한다

실버들 소곤대는 속살은
물보라에 취해 붉디붉다

애끓은 사랑이 치마폭에 스치며
물그림자로 포개 앉아 촉수 띄운다

능선의 향기 품고
고즈넉이 여백 휘감은 하얀 고백은
그리움의 혀끝에 날아든다.

내 안의 시심

욕망의 불꽃을 마음에 심어
묵언의 꿈이 익어 간다

낯선 슬픔까지도
한 발 한 발 내디디며
열정 나눈다

무심한 세월이 얹힌 마른 껍질 깎아내고
영겁의 고백으로 손짓하며
눈부신 바람의 언어로
젖은 어둠을 말린다

오월의 묵주로
건져 올린 푸른 시상들
그 빛깔이 황홀하다

꽈리 속의 잘디잔 씨알처럼
뜨거운 심장에
흠도 티도 없는 아름다움을 심는다

차오르는 사랑이
가슴속 깊이 뿌리내려
한 다발의 진실로 조심스레 문 열어 놓고
길고 긴 침묵을 마시고 있다.

박덕은 作 [시심의 언덕](2017)

섬

바람 영그는 대지 위에
살포시 고개 내민 매화향 틈으로
기어오르는 봄햇살이
한 모금의 휴식 삼킨다

잃어버린 세월의 마디 하나 하나 푸는
쓸쓸한 연락선은 외로워 울어대고
초저녁 영롱한 별들이
묵전밭 모닥불 보듬고 졸고 있다

바스락거리는 조개껍데기들
파도 타고 흐르고
포근히 건네주는 아련한 추억은
티끌 한 점 없는 오색 불빛에 감미롭다

미풍에 실려온 아지랑이는
석양길 물들이며 반기고
천년의 빛 도리포는
수평선 옅은 안개 드리운 채
묵묵히 고목으로 서 있다.

그때는 몰랐어요

산행길

별빛 내리는 밤
가시 돋친 그리움 고개 내밀어
파도에 시달린 고독을
모래톱 위에서 날카롭게 쪼아대고

빛바랜 여명 꺼내어
상념 곱씹으며
시나브로 추억의 매듭
한 올 한 올 풀어 간다

달 품은 회한 자락은
짙게 드리운 붉은 고백 만지작거리다
그림자 길게 눕히고
까칠한 여백 휘감아 마침표를 찍는다

침묵으로 가득 고인 갈증은
낡은 시간들 꿰매어
독백의 신음 소리 읊조리며
바람 앞세워 고개 넘는다.

어떤 사연

가을이 익어 가는 낙엽 사이로
함께했던 시간들이
하나둘 떨어진다

비 쏟아져 적시면
석양에 걸린 못다 한 사랑이
심한 갈증 토해낸다

허공에 걸린 붉디붉은 노을 한 자락이
고독의 언저리에 맴돌다
매듭 매듭 얽힌 추억들 쓸어낸다

손톱 밑에 핏물 어리도록
물컹해진 침묵 비틀어 짜서
기억마다 흉터 쓰다듬는다.

어느 흐린 날

눅눅한 침묵을 어지럽게 토해내고
질척거린 비린내
암초 위에 갇혀 지문 남긴다

구들장 달궈 놓고
잿빛 추억 하나 불러와
함께 시심 깔고 누워
진실 한 톨 없이 엉겨붙은 마른 고독을
허허로움으로 달랜다

맥박 더듬는 갈증의 순간들은
흐릿한 초점으로
가닥가닥 파고든다

서릿바람 사이로
등 굽은 시간 토닥이며
고랑진 빈 가슴에
밤새 엎드려 뒤척이고
뼈 마디 마디 아린 통증은
거품 물고 후벼댄다.

어쩌면 좋아

눈길 한번 마주쳤을 뿐인데
저토록 끈질기게
마른 눈시울이 가늘게 떨고 있다

짭조름한 연민 한 토막
간간히 흘렸을 뿐인데
가슴 밑바닥까지
여린 흐느낌이 한사코 맴돌고 있다

그리움 한 사발로 허기 채웠을 뿐인데
심연 깊숙이 맥박 소리 파닥이고
진종일 온몸 돌돌 휘감으며 숨 고르고 있다

시린 심장 포개며 포옹 한번 했을 뿐인데
영혼의 몸부림은
허공에 매달려 몸져눕는다

여백 몇 가닥 불러
허름한 언어들 토해내며
쓰디쓴 커피 한 잔 마셨을 뿐인데

희멀건 눈동자는
앙상한 시간 위에
파랗게 질린 호흡 끌어안고 있다.

박덕은 作 [커피 한 잔](2017)

사랑 · 1

소리 없는 흐느낌이
침묵을 허물고

차오르는 간절함은
가슴 도려낼 듯하고

지독한 그리움은
견딜 수 없는 목마름 되고

밀려오는 외로움은
시리도록 아려온다.

사랑 · 2

그 말뿐인가요
만나서 다시 듣고 싶어요
아무리 하찮아도
당신의 말 한마디가
나에겐 너무나 소중하니까요.

박덕은 作 [사랑](2017)

사랑·3

어둠의 부스러기들을 쓸어내고
도토리만 한 기쁨을 주우며
하얀 눈빛의 언어로
시린 나목의 가지 끝에
조용히 앉는다

몰래 숨어들어 온 그리움이
한 켤레의 고독을 신고
잃어버린 단어 하나 찾아 헤매다
어리석음을 뉘우치며
이별의 시간을 너그러움으로 열어 주고
시퍼런 울음 토해낸다

감춰 두었던 슬픔은
가슴 안에서 출렁이다
답답한 마음을 벗고
수평선 바라보는 푸른 외침은
섬세한 빛깔의 무늬 옷을 입고 있다

심연에서 건져 올린 불빛의 염원을

그때는 몰랐어요

엷은 베일로 가리고
아프도록 찬란했던 추억
한 톨 한 톨 새기며
세월은 떠나가도
사랑만은 늙지 않는다고 소리친다.

박덕은 作 [수평선](2017)

기다림 · 1

새벽이슬 적신 애달픔은
한 톨 한 톨 외로움 꺼내어

물안개처럼
산모롱이 달린다

여린 인동초처럼
빛살 날리는
설렘도

매콤한 그리움 안고
아릿하게
무너져 간다.

■ 그때는 몰랐어요

기다림 · 2

기다랗게 깔린 추억은 적요만 맴돌고
바람만 불어도 행여 님이신가 설렌다

마중 나간 그 님은 아니 오고
젖은 꽃잎만 저리 휘날린다

너울대는 그리움 지우려 해도
뜨겁게 내리는 단비에
뼛속 깊이 외로움만 자꾸 칭얼댄다

문풍지 사이로 밀려오는 초조함이
입술 깨물며
진종일 애태우고

갈매기 치마폭에 떠도는 물거품이
머물다 간 자리
안개 덮여 가슴 쓰리다.

행복

슬픔과 아픔 나눌 수 있는
아릿한 목마름

색깔도 형체도 없는
마른 잎새

작은 일에도 만족 느낄 수 있는
아침 이슬

기다리고 그리워하는
한 줄기 단비

만지지도 잡히지도 않은
붉은 노을

달콤한 미로 속에 잠겨 알 수 없는
신비로운 빛살

전율을 채울 수 있는
사랑의 거울

그때는 몰랐어요

생명의 고귀함이 마르지 않는
샘물

우아한 곡선 타고 갈등의 갈림길에 선
신호등.

박덕은 作 [노을](2017)

그리우면

꿈물결로 일렁이는 순백이
달빛 머금은 창가에서
할퀴고 간 이별이 시려
회상의 늪에 빠져든다

가느다란 인연의 끈마저 버리고 가
아슴히 멀어지는 마른기침 소리에
노을빛도 붉게 매달려 울컥거린다

웅크린 감성이 춤사위로 파닥이면
가슴에 감긴 서러움은
계절의 울음을 주워 담으며
불티로 잠재울 때까지
독백 위에 앉아 있다

쓰디쓴 낭만 핥으며
묵은 시간들 모아
뜨거운 가슴 안에 채워 놓고

허허로움은 맥박 껴안고

하루하루 갈피 갈피 더듬어
애절히 고개 내민 채
메아리로 서 있다.

박덕은 作 [노을](2017)

어느 날 아침

사랑으로 씻은 새벽을
가슴벽에 꽂은 성스런 깃발들
어제와 오늘 사이 가로누워
고독을 캐고 있다

거센 파도에 덮여
빛 잃어 버린 시간에
활활 타다 남은 노을이
기쁨의 꽃씨 되어 흩날린다

아픔 씹는 연륜 속에서
잊혀진 언어들이 해맑은 마음 열고
꺼지지 않는 불빛으로 꿈꾼다

수줍은 몸짓은
무덤가에서 피와 같은 시간들 탄식하며
훌훌히 죽음의 옷을 벗는다.

상흔 · 1

상념에 잠긴 불모지
꽁꽁 밟아 놓고

가슴 위로 끌어올린 협곡을
추억 속에 가둬 둔 채

뿜어내는 연민 자락
오늘도 숙연하다

짓물러진 독백은
표류 되어 흐르고

밤새워 다독여도
겨드랑 틈으로 눈물 고인다.

상흔 · 2

묵은 죄 닦아내듯
무수한 설움이 빗방울 되어 구른다

거품 물고 부서지는 몸부림이
보랏빛 외로움 흔들어 헹궈낸다

후미진 산길 서성이다 얼룩진
통곡은 헛발 딛고 휘청거리고

여명의 빛은
식어 버린 가슴을 녹이고 있다

목덜미 훑고 지나간 자리엔
시간의 무덤만 쉼 없이 헐떡이고

살아 있는 세포마다 아픔 씻고
시린 숨결만 혈관 타고 흐르고 있다.

어느 시인의 시심

엇갈린 상념 부스러기가
헐거워진 흔적 비벼 털어낸다

모질게 박힌 회한이
어둠에 갇혀 뿌리째 흔들리고 있다

운명의 굴곡이 나이테를 자르고
차가운 기온은 전율 딛고 꼿꼿이 서 있고
흰 털로 온몸 감싼 채 신음하던 묵은 시간들은
혈관 타고 흐른다

무슨 미련 그리 많기에
흐릿한 새벽안개 부여잡고 고요를 불러 세우는가

침묵의 빈 가슴만 백지 위에 돌아눕고
허우적거리던 아쉬움의 무게만이
어깨 짓누르며 여전히 꿈틀대고 있다.

무덤 위에 핀 꽃

차가운 낙엽 한 장으로 떨어져
그림자에 안겨 운다

이끼 낀 바위처럼
부서진 눈물을 가슴에 꽂고
빈자리를 그리움으로 가득 채워

숨어 버린 이름 앞에
수만 개의 국화로 떨고 있다

가시로 뿜어낸 슬픔이
시름 시름 앓아누운 불면의 세월을
잠시도 가만히 내버려 두지 않는다

바람에도 휘지 않는 노을빛이
토해내는 기침 소리에
사랑이 눈뜬다

무심코 잃어 버린 추억은
엇갈리는 비극을

64

엎디어 신음하고 있다

함께했던 지난날을 기억하면서
허공 뚫고 가는 기적 소리는
고독을 한몸에 휘감고
살점 떼어내는 이별을
심장 깊이 묻으며 달린다.

박덕은 作 [국화](2017)

황혼의 독백

눈물로 빚어내는 영혼 가락이
숱한 기억을 지워 보내고
잠든 넋 깨우는 난초 같은 세월은
조금씩 신음하며 나를 묶는다

한줌 햇살 움켜쥔 채
겹겹이 닫아 버린 어둠 속을 헤치고
정결한 몸짓으로
눈부신 노을 위에
나래 접는다

새벽이 깊을수록
허무 쪼아먹는 안갯빛 가루가
뿜어내는 뽀얀 숨소리

견딜 길 없는 그리움의 끝
그 사랑의 빛은
왜 이토록 선연할까

침묵 속의 시심에

쉼 없이 타오르는 주홍빛 불길 하나
비애의 폭풍에 돛을 단다

돌이킬 수 없는 오늘을
그늘 속에 잠재우고
한 방울의 설움으로
답답한 이 가슴 적실 때까지
수면 위에 잠긴 채
오색영롱한 항구의 불빛으로 또 하루가 간다.

박덕은 作 [항구의 불빛](2017)

그때가 오면

새벽이 눈뜨는 호숫가에
하얗게 쏟아 버린 아카시아꽃
그 향기를 다시는 기억하지 않으리

텅 빈 해질녘에
아는 이 하나 없는데
별 하나 가슴에 묻고
숨결 여울지는 풀섶 위에
노을이 탄다

나목처럼 시린 그리움
가득 풀어헤치고
조심스레 여린 눈길로
묵묵히 가슴 적신다

짙푸른 바다 향하여
바람이 전해온 불멸의 아침에
추억 하나 길 밝히면
한 번밖에 주어지지 않은
짧은 여정 위해

슬픔의 눈부심을
소중한 책갈피에 끼워 놓고
아리도록 스며드는 여울물 소리 따라
어디론지 떠나고 싶다.

박덕은 作 [호숫가](2017)

여정의 길목

종일토록 졸음 참던 침묵은
연민의 갈등 풀어헤치고
흩어져 있던 시간 꿰매어
깊고 낮은 그리움 내려놓는다

이슬 맺힌 목마름은
누렇게 탈색되어
나지막한 구애의 입맞춤을
바닷속에 잠재우며
텅 빈 가슴 달래고 있다

틈새로 새어나간 사연 자락
물결 위에 띄워 놓고 짙어 가는
구릿빛 하나
동공의 그림자 새기며
주름진 세월을 배낭에 주워 담는다.

병실에서 · 1

시린 혈관이 전율 느끼며
온몸 감고 돌아 아프다

고달픔을 어깨 위에
다 쓸어 담고

허물어져 가는 육신은
링거로 달래며

여린 외로움 불러와
함께 떨고 있다

이제 늙어 가는 길은
지친 세월의 빗장 틀고 있다.

병실에서 · 2

들숨과 날숨을 절박한 가슴 위에 올려 놓고
홀로 삼킨 설움까지 날카롭게 쪼아대더니
검은 생채기로 뜨겁게 태우고 있다

꿈틀대는 긴 호흡이
정수리까지 차오른 냉기 서린 몸을
눈물로 채워도

허름한 창틈은
아린 통증 처절히 후벼댄다

표류된 외침들은
촉기 몇 가닥 붙들고 몸살 앓고

초점 잃은 눈망울은
수액으로 허기 채운다

허물 벗은 체온만
맥박 더듬어 숨결 고르고 있다.

어느 날

머물지 않는 순간 앞에
못다 삭힌 그리움이
끈적끈적 녹아 흐른다

허기진 간절함을
반쪽 가슴에 묻고
거친 숨 몰아쉬며
하얀 목마름이 벤치에 걸터앉는다

휘감고 있던 회한은
거미줄에 매달려 대롱거리고

가끔씩 토해내는 외침은
길게 휜 그림자로 눌러 둔 울분까지
까맣게 태운다

뒤뚱대던 시간 엮어
옭아맨 매듭 만지작거리다
밤새워 찧어낸 애끓음
꼬깃 꼬깃 접고 또 접는다.

어느 오후

짓눌린 무게가 망각의 시간 들추며
붉디붉은 낭만 한 접시 따다 구워 놓고
밀린 그리움 퍼낸다

외로움 벽 허물고
깔려 있던 시심 한 자락
순수의 설렘으로
망울망울 쏟아낸다

잠시 머물다 간 상흔도
가슴벽에 기대어 놓고
전율로 감싸 안는다

한 토막 떫은 마음
피부를 헤집고 들어와
긴긴 밤 마침표 찍고
숨죽인 고요 곱씹으며
가느다란 독백 하나까지
반나절 이겨낸 허기 품고
드러눕는다.

황무지

새벽이 버리고 간 추억을 주워 담으며
긴 날숨으로 기어나온다

해묵은 더께 위에
짓무르도록 비벼대던 아린 가슴
한없이 휘늘어져
물안개 걷히고 나면
돌아앉은 적막뿐

몰아친 바람결에
겨울 들녘이 떠밀려서
하얗게 널브러져 있다

흰 세월의 그리움처럼
날갯짓 버거워 돌아보니
허허벌판에 빗물 젖은 눈물뿐

고독의 벼랑에서 헤매 돌다가
침묵 포갠 자리엔
추억 껍질 벗은 노을이 불타고 있다.

물보라

보랏빛 향기에 취해 버린 밤
하얀 입김으로 녹여
환하게 비춰 주는 햇살 위로
그리움 포개 앉는다

볼 수도 만질 수도 없는 천연의 꿈을
흑백으로 수 놓고
찬란한 열정의 입술로 아낌없이 태워 버린다
바늘에 찔린 흔적들까지

가늘게 깔린 회한 조각 퉁퉁 부어올라
허무 쓸어 담는다
깊게 묻어 둔 추억을
끄집어내어 깔아 놓고

초록의 슬픈 노래가 창공을 떠도니
지그시 눈감으며
절여진 맘 그릇에 담아 두고
스미는 노을 한 모금씩 마시고 있다.

달 품은 어느 하루

얽히고설킨 매듭
허리에 두르고
검푸른 떨림으로
시간을 내려놓는다

헐떡이는 둥지는
초침 위로 뱉어내고
덕지 덕지 물든 하얀 고백은
허허로운 불씨만
갈증으로 다독인 채
아릿한 함성을
물그림자 위에 드리운다

가까스로 얻어온 시름도
길게 자란 추억도
덧문 닫힌 상흔도
가시처럼 박혀
시린 밤 달구고 있다.

계절 끝자락

바람이 지나간 담벼락 사이로
귀밑머리 코끝에 스치며
허겁지겁 억새 한 자루 보듬고서
미소로 서 있다

비워 버린 가슴 한켠에
곱게 물든 설렘 좇아오더니
물안개 품고서
맨살로 누워 있다

푸른 댓잎처럼
살포시 치마폭에 숨어 있다가
어둠을 향기로 채색한다

가느다랗게 울부짖음이
찰랑이는 여울처럼
식을 줄 모르고
닳고 닳은 온기 하나 심어 놓고

무늬 입힌 색깔 언어들과 함께

묵은 그리움 몇 장 쥐고서
찻잔 위로 날아든다
붉은 환희처럼.

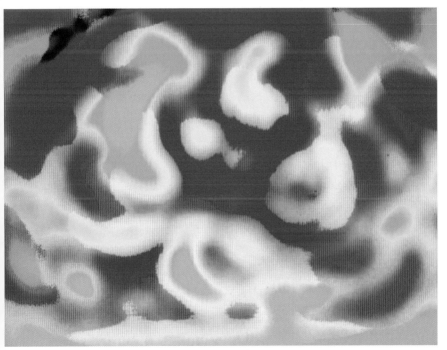

박덕은 作 [붉은 환희](2017)

비애

벼랑에선 태고의 숨결이
초점 흐린 색깔 허리춤에 매달고
쏟아지는 속울음은
밀려와 파르르 떨고 있다

갯바위 끝자락에 걸린
추억 하나 들고서
차오르는 슬픔 짓누르며
애써 태연한 척한다

책갈피에 꽂아 두어
말라 버린 그리움에는
맘 한 톨조차 뉘힐 수 없어
휘어진 절벽이 운명처럼 다가와
가슴밭에 비가 되어 흐른다

여명에 갇힌 불면의 밤은
긴 그림자로 뒹굴고
빗살 한 줄기처럼
뼛속까지 차오르는 냉기는

■■ 그때는 몰랐어요

외로움 토해낸다
잦아드는 어스름 삭힌 흐느낌이
시린 달빛처럼 애잔하다.

박덕은 作 [갯바위](2017)

일몰

허무는 서러움에 휘청거리며
해풍에 흔들린다

시름으로 말린 세월은
꺼지지 않은 불꽃 피우기 위해
까칠한 영혼처럼 가슴속으로 울컥 침몰한다

파랗게 질린 추억
낡은 옷깃에 여민 채
심연에서 끌어올린 멍울진 애잔함까지
적막이 시인의 눈빛으로
하얀 독백의 수면 위에 흩뿌린다

달궈진 갈증으로 헹궈낸 빛살만 남실대다
궂은비 하염없이 쏟아지는 산마루에
시달린 몸 달래가며 바람도 쉬어 가고

구름도 자고 가는 저 하늘가에
노을이 섧디섧다.

시심

차가운 마음은
복받치는 온기로 채우고
쓰린 가슴은
추억의 향기로 다독인다

울컥 눈시울 적실 땐
감미로움을 치마폭에 감고
비릿한 공허가 밀려올 땐
여유 한 자락에 낭만 덧칠한다

매서운 비바람 몰아칠 땐
이글거리는 처연함 토해내며
한밤중 잠 못 이룰 땐
항상 곁에 있는 애틋함으로 위로 삼는다

뼛속 깊이 외로움이 몸부림칠 땐
간절한 시어들이 혀끝에 날아와 입맞춤하고

시름 삼킨 목마름이 일 땐
시들지 않는 붉은 울림이 깊게 파고든다.

고독이라는 침묵

앞산 노을 질 때까지
시린 가슴 흔들어 깨워 놓던
비릿한 보랏빛 하나가
이번에는 길목을 가로막는다

앙상한 잎새처럼 치근대는
사색의 싹 틔우며
잠시 쉬어 간다

메아리치는 억새들이
열정 태우는 순간
하늘빛 머금은 언덕에
작은 파닥거림
해종일 숨죽이다가

허름한 시간의 끝자락에
연민 한 올 남긴다

진한 여운으로 다가와 드러누운
야윈 추억은

■ 그때는 몰랐어요

상념의 깃을 세워 놓는다

구부러진 회한 한 자락
무언의 마른 침 삼킨다.

박덕은 作 [억새](2017)

제2장 마지막 달력을 넘기며

박덕은 作 [마지막 달력을 넘기며](2017)

봄의 향연

호숫가 포플러 그늘 아래서
연노랑 저고리에 다홍치마 흩날리며
가녀린 몸매로 유혹한다

얄밉게 돌아선 그리움
바람 불면 여린 꽃잎 사이로 맺힌 사연
차곡 차곡 포개 앉는다

세월이 흐른 뒤에도
덮어둔 옹달샘 속에
안개로 피어올라
가슴 적신다

들녘 노을빛은
음률의 합창처럼
천상의 곡선 타고 흐른다

고요한 밤이면
추억을 주섬 주섬 주워
한 땀 한 땀 엮어 달빛에 걸쳐 놓고

물안개 피는 강가에서
버들잎 따다 연못 위에 띄워 놓고
황홀한 시간들을 갈색으로 채색한다

감미로운 멜로디가
모락 모락 입술 언저리에 물들어
감춰진 여운 들킬세라
여백의 하얀 속살로 서 있다.

박덕은 作 [호숫가 포플러](2017)

인연

잡을 수 없는 세월 앞에
서 있는 운명
비록 한줌의 흙이 될지라도
부싯돌처럼 흔들리는 포기마다
눈물 심는다

은밀한 기적 속에
또 다른 미래가 더 힘들게 해
메마른 침묵 끌어안는다

알 수 없는 향기가
가눌 수 없는 슬픔에 목이 메이고
어두운 방구석에 웅크리고 앉아
한 가닥 여유도 남기지 않는다

긴 이별의 뒤안길에서
간간히 불어오는 바람결에
너의 소식 들으면

덮여지지 않는 허전함이

치근대다가 젖은 옷자락에 매달려
잠이 든다.

박덕은 作 [이별의 뒤안길](2017)

죽음 앞에서

아침 오는 소리에
문득 잠 깬 품안의 햇살이
어깨 감싸며 눈 비빈다
새하얀 꿈 꾸며

약한 모습 보이기 싫어
혼자 될지라도
성을 지나 늪을 건너
동굴 속에서 맴돌다 스쳐가는
바람 같은 너

세월이 가면 그땐
알게 될 거야
운명이 비켜갈 수 없다는 걸

마지막 남은 진실 하나로
영혼을 엮어
저 하늘이 부르는 그날까지

차갑게 서 있는 벽 앞에

가시처럼 깊게 박힌 기억은
작은 신음조차 낼 수 없을 만큼 지친 마음으로
나를 달랜다.

박덕은 作 [햇살](2017)

나의 하루

진달래 곱게 피던 날
눈가에 머문 미소가
시샘하듯 숨을 조인다

머리카락 사이로
헐벗은 침묵이
거친 호흡 길게 눕힌다

신록이 푸르던 날
어느덧 몸도 마음도 야위어 간다

꽃의 향기는
소리 없이 흔들릴지라도

작은 날개 가만히 접어
고여 있는 빈 가슴
눈물로 지우고

오늘도 갈무리 안고 뒤척이다
조용히 두 눈 감는다.

그때는 몰랐어요

이별

발자욱마다 넘치는 낙숫물 소리
목메이게 울어대고

눈물어린 보따리 등에 멘 채
싸락눈 털어 주는 눈길

검푸른 약속 불살라
철갑옷에 맺은 인연

그리움 사무치도록
등대불만 가물거린다

돌아온다는 기약 없어
허기진 메아리 위로
초승달만 외로이 떨고 있다.

마지막 달력을 넘기며

자욱한 연기 사이로
수줍음에 떨던 시월의 마지막 밤
이대로 잊혀지기엔 너무 아쉬워

햇살 영그는 가을날
마음 열고 바람 부는 갈대숲 지나
굽이 굽이 산길 걷는다

식어 버린 마음 구석에
새기다 만 조각처럼
허전한 가슴은 텅 빈 고독 때문

천년을 흘러 모진 풍파 다 이기고
꽃잎을 구름 위에 접어둔 채
빈 그림자 채울 때까지

헤매는 미로처럼
지난 옛 추억은
마른 그리움 언저리에 서성인다

저 산마루 쉬어 가는 운명의 굴레
파도가 부서지는 바위섬에 뒹굴고
홀로 타는 등불처럼
황혼빛에 흔들리며 여울져 간다.

박덕은 作 [바위섬](2017)

그해 겨울

밤이면 홀로 앉아
모래밭에 당신의 이름 새겨 봅니다

가랑잎 한 잎 두 잎 들창가에 지던 날
애타도록 그리워하다 달빛 되었어요

눈보라치던 어느 날
살며시 손 내밀어 안아 주던
당신을 잊을 수 없어서
돌이킬 수만 있다면
진정 사랑한다고 말하겠어요

출렁이는 저 물결도 얼어붙은 달그림자도
허전한 이 맘 아는지
애처로이 가로등 언저리에서
한잔 술에 설움 타 마시고 있어요

그까짓것 했건만
다시 또 읽어 보는 마지막 편지

이 초라한 가슴에 뜨거운 눈물만 흐르고
처마밑엔 빈 둥지만 오매불망

우리의 인연은 짧기만 한데
타다가 꺼지는 그 순간까지
한 마리 철새 되어 훨훨 날고 싶어요.

박덕은 作 [철새](2017)

외로움 · 1

먹구름 칭얼대는 산마루 오르니
콧등 스치는 아릿함
계절 끝자락에 짙게 드리우고
바람 섞인 물안개
옷자락 적신다

발걸음 서둘러 내려오는데
질척거린 그리움 따라오더니
산모롱이에 널브러진다

노을에 걸린 비릿한 추억 한 켤레
세파에 부딪혀 멍들어 누워 있고
파도에 시달린 상념은
그늘에 웅크리고 앉아 졸고 있다

누렇게 변해 버린 수줍음은
빗장 달아 건 채
젖은 풀잎처럼
색 바랜 추억 들썩이고 있다

돌담길 휘돌던 어스름은
실눈 뜬 여백을 덧칠하다
약수터 물에 목마름 한 사발 적시고
겹겹이 쌓인 나른함 몇 가닥 붙들고 있던 침묵은
나지막한 숨결로 꿈틀댄다.

박덕은 作 [돌담길](2017)

외로움 · 2

긴 그림자 밟고 지나간 뒤
구름 걷히고
고요히 적막만 흐른다

스쳐지나간 타인처럼
가랑비는 뺨을 세차게 때려
침묵의 목덜미를 집어 삼켜 버린다

얼어붙은 상념을
갈래 갈래 녹여 쌓았다가
부수고 또 쌓는다

태워도 태워도 재가 되지 않는 고독
젖은 허공 속으로
반딧불이처럼 무리 지어 날아도

백야에 걸린 그리움은
주름진 계곡 위로
유성처럼 사라져 버린다.

그때는 몰랐어요

사월의 고독

눈부시게 아름다운 향기로 단장하고
겨드랑이 사이로 파고들어 와
감미로운 열기로 잠꼬대한다

봄이 오는 길모퉁이
노을에 걸린 햇살이
꼬리 흔들며 발자국 새기듯
파란 추억 한 올 한 올 수놓는다

파도가 밀려온 모래섬에 황혼이 지면
등불처럼 가슴속에 숨어 있는 그리움 꺼내
쉬엄쉬엄 엇갈린 순간 속에
여백 채우고 있다

바람 가는 대로 길 잃은 나침판 위에
외로운 집시처럼 웅크린 채 고개 숙인다

마로니에 잔별이 지면 내뿜는 연기 속에서
맴돌다 맴돌다
조용히 밤을 태워 버린다.

봄을 기다리며

강둑 가로지르는 실안개 사이로
가슴 시리도록 풋풋한 초록꿈이
아스라이 곡선 타고 흐르면

진한 향기는
고고한 전율로 신비로움 마시고
햇살의 기다림으로
계곡의 여울목 돌고 돌아 나온
아지랑이는
풀잎 위로 살며시 내려앉는다

정글의 미로처럼
벼랑 끝에 두고 온 설렘은
산등성이에 걸터앉은 싱그러움에게 빨리 내려오라 보채고

콧등에 스치는 실바람은
기지개 편 맘 자락에 숨 고르며 쉬어 가고
해풍에 젖은 외로움은
목마름 한 사발 꿀꺽 꿀꺽 들이마신다.

백목련

겨우내 움츠린 침묵은
깃발 흔들어대며
향기로 번져 간다

잔설 녹아든 해묵은 그리움
한 움큼 쥐고서
하얀 속살 파르르 떨구며
무언의 몸부림으로 허물 벗는다

가지에 맺힌 사연들을 쓸어안고
신비로이 꿈을 수놓는다

산등성이에 걸터앉아 여유로움 흩뿌리다
혀끝으로 날아든 설렘
전율 되어
아릿한 순수 온몸에 두르고

백년을 하루같이 하늘빛 머금은 잎새들은
졸고 있는 추억의 여백을
일으켜 세우고 있다.

단풍

온 세상
뜨겁게
달아오르면

다섯 손가락으로
립스틱 지문 그려
나풀거리며 손짓한다

물위에 비친 한 폭의 그림자
붉은 노을 쓰고
애타게 님 그리워서

기다리다 지쳐
빛바랜 낙엽 되어

외로움에
떨다가
생채기로 멍울져 간다.

나의 삶

질긴 운명
겹겹이 깔고 누운 회한
베갯잇 적시다
산등성이 넘는다

깡마른 그리움 너울 쓰고
주름진 산모롱이 달리다
한잔 술에 눈물 채운다

칼바람에 뿌려 놓은 상념들
따스한 체온으로 다독이다
담벼락 사이에 박힌 상흔들처럼
핏물 되어 흐르고

비릿한 풋내음은
눅눅한 찌꺼기 되새김질한다

억겁의 세월로 누운
거친 시간의 무게
아직 저리 멀기만 한데.

나의 인생

깨어진 꿈 조각
망향초 신세 되어

빛바랜 등불처럼
황혼 껴안고

이슬 적신
고달픈 나그네

지평선 넘어
해안선에 서린다

낯선 달빛에 길을 물어도
가랑잎 위로 가려진 그리움

침묵의 냉기 한 톨씩 쪼개어
등허리 비벼대며

쓰디쓴 허기로 맴돌다
산자락 적신다.

█ 그때는 몰랐어요

못다 한 사랑

뜬구름 따라 흘러온
초생달만 외로 서 있다

가시밭을 눈물로 다듬어
발자욱마다 한 땀 한 땀 새기며

홀로 앉아
밤새워 별을 헤어 봐도

추억 버무린 마음 자락에
비가 내린다

에틋함 뿜어내어
휘젓고 다녀도
저 깊은 처연함
눈감고 뜨지 않는다.

인생 · 1

닿을 듯 말 듯
아련한 메아리 타고

헤일 수 없는
애환의 강을 건너

정처 없이
그림자 더듬으며

추억의 목마름
등에 업고

뒤엉킨 매듭을
한 올 한 올
풀어 내려가는 여행길.

인생 · 2

산마루 달리는 구름처럼
돌이킬 수 없는 세월
서산에 해지면 허무한 것을

가물 가물 불 꺼진 항구처럼
안개 젖은 선창가에
침묵으로 서 있을 것을

뱃머리에 매달린 그리움처럼
붙잡지도 만지지도 못할
뜬구름인 것을

애처로이 떨고 있는 조각달처럼
낙화암 달빛에 기대어 봐도
때묻은 옛 추억인 것을.

나그네

발자욱마다 한숨 서리고
고즈넉이 뱃고동 소리
목메어 울어대는데
오늘도 걷는다

저무는 달빛 사이로
갈매기 떼 날으니
아득히 천리 길 님 그리워
돌고 돌아 다시 그 자리

가랑비에 젖은 세월은
이정표 없는 애달픔
강물 위에 뿌려 놓고
오늘도 걷는다.

고목

묵묵히 침묵 지키며
서 있는 너

때론 헐벗을 때도
철따라 옷 갈아입는 너

비바람 속에서도 굴하지 않고
태연한 자태로
그 자리 지키고 있는 너

쉼 없이 고독을 되새김질하면서도
빛바랜 가시랭이 속에서 몸살 앓다가도
길게 늘어선 처연함으로
묵은 그리움 한 자락 쓸어내리는 너.

나의 일상

휘어진 고개 넘어
무지개 가로지르고
강풍에 떠밀려
모래성 쌓는다

고요 잠든 목마름
가슴으로 토해내고
희뿌연 신비 집어삼킨다

해거름 노을은
천리향까지 퍼 올리는데
쓸쓸함은 발자욱만 남긴다.

바람

헐벗은 속살로 지칠 줄 모르고
망망히 허공 휘젓고 떠돈다
철새처럼

지친 마음 한 움큼 보듬고
엉겨붙은 외로움 달래려
밤낮 흔들어댄다

하늘빛 그리움 향해 내달리다
별빛 잡고 길을 물으며
구름 따라 떠돈다

맨발로 맨발로
할퀴고 지나가는
낯선 이방인처럼.

호수

어슴푸레 정적 쓸어 담고
달빛 머금은 그림자 밟고서
긴 여백 위에 고즈넉이 서 있다

희뿌연 조각구름 사이로
무지개 다리 놓고
그 위에 걸터앉은 그리움
물안개에 띄워 보내고

늘어진 수양버들 가지엔 추억 물들이고
물결에 비친 달무리
바스스 흩날린다.

그날이 오면

청포수에 머리 감고
백야에 몸 실은 달무리
그리움 되어 바스스 떨고 있고

가로등 언저리에
조각구름 띄운 구애 소리
여울여울 귓가에 들려온다

상흔 한 다발 행궈
울타리 위에 걸어 놓고서
세풍에 그림자 비추면

사립문 풀어헤치고
밤하늘 별빛으로
서 있을래요.

그때는 몰랐어요

항상 살갑지 못하고 무뚝뚝한 성격에
큰소리만 치던 나를 내색 한 번 안 하고
묵묵히 침묵만 지키던 당신
그때는 몰랐어요

사랑한다는 말 한마디 하지 않아도
그저 눈으로만 바라봐도 느낌이 온다는 당신
그때는 몰랐어요

까칠함 참지 못해 버럭 화를 낼 때도
마냥 너그럽게 이해하고 참아내던 당신
그때는 몰랐어요

온몸이 불덩이 된 나를 밤새워 간호하면서도
나 없이는 못 살아 하며 미소 짓던 당신
그때는 몰랐어요

슬픈 일이든 괴로운 일이든
혼자서 가슴앓이하던 당신
그때는 몰랐어요.

당신

못 견디게 보고 싶어하던 그대여
이 세상에 나 없더라도
슬퍼하지 마오

차가운 손 살포시 잡아 주던 그대여
행여 나 못 보더라도
마음 아파하지 마오

얼어붙은 심장을
사랑으로 녹여 주던 그대여
냉가슴 숨죽이며 애써 설움 참지 마오

진한 향기에 빠져 허우적대던 그대여
훗날 문득 내가 생각나더라도
아름답고 황홀했었노라고
책갈피에 고이 접어 간직하지 마오.

연민

절여진 하얀 속살이
시나브로 보랏빛으로 익어

애처로이 처마밑에
덩그러니 앉아 있다가

울컥 치밀어 오른
슬픔을 참지 못하고

펑펑
울어 버린다

외면하지 못하고
살포시 내민 손

한 줄기 그리움의
눈물 되어 흐른다.

이슬

여리디여린 숨결이
샛별 언저리에 숨어 떨고 있다

슬픔 가득 머금고
반짝이는 수은등 사이로
촉촉이 스며들고

가늘게 날아든 외로움은
고즈넉이 미명을 깨운다.

박덕은 作 [이슬](2017)

어느 날 오후

태고를 회한하며 가끔 몽상에 빠져드는
빛바랜 애환들은 풍광으로 쓸어내고

깡마른 육신은 촉수 다퉈
황무지에 날아든 가시랭이
개울물 위에 띄워 보내고

고즈넉이
한 사발의 독백 마신다.

박덕은 作 [개여울](2017)

이별 후

뜨거운 눈물만
하염없이 흐릅니다

등줄기엔 칙칙한
이슬방울 스며듭니다

가슴은 이미 새까맣게
잿더미가 되어 버립니다

입술은 풍선처럼
부풀어 짓무릅니다

터질 것 같은 심장은
속까지 통증을 느낍니다

눈은 퉁퉁 부어올라
앞을 볼 수조차 없습니다

온 맘뿐만 아니라
온 세상이 다 아픕니다.

한가한 어느 오후

정자 그늘 아래서
하늘을 이불 삼아 눕는다

삼배과자 안주 삼아
콧노래 흥얼거리다

귓불에 스치는 바람에
옛 추억이 떠오른다

꽃바구니 옆에 끼고
뒷동산 쑥 캐러 가던 날
개울가에서 미역감던 추억

티 없이 맑고 고운
그 시절이 못 견디게 그립다

어느새 어슴푸레
저리 해는 저무는데.

자화상 · 1

주름진 그리움
치마폭에 뿌려 놓고

상흔의 찌꺼기
휘휘 날려보내면

외로움은
아린 연민으로 타오르고

허기진 속울음은
가슴을 짓누르고

얼룩진 추억은
어스름에 몸부림치고

희묽은 그림자는
서서히 사라져 간다.

자화상 · 2

기댈 곳 없는 여린 마음이
젖은 잎새처럼
웅크린 채 떨고 있고

고독한 영혼은
사랑의 체온으로
가늘게 숨죽이고 있다

세상 곁에 다가와
꿈틀거리는 욕망은
빈 가슴에 깊숙이
신비로움 퍼내게 하고

부드러운 입술로
미소 흔들어 깨우며
여유롭고 싶다.

보고픔

기다림의 끝은
어디인가

아득히 머언 간절함이
기약 없는 추억 더듬으며
헤일 수 없는 메아리로 서 있다

높지도 낮지도 않은
그 자리

냉기 스민 떨림이
터질 듯한 가슴 틀어잡고서

차오르는 목마름으로
짓무르는 눈꺼풀엔
하염없이 눈물만 흐른다.

못 잊어

숨을 들이마시면
가슴이 끓어오르고

주마등처럼
밀려오는 애달픔은
어둠 속으로 고개 떨구고

기약 없는 영혼은
그렇게 운명처럼
메아리로 남는다

얼어붙은 허공은
저리
목메어 슬피 우는데.

짝사랑

잡힐 듯 말 듯
긴 한숨은 그리움

닿을 듯 말 듯
설렘은 기다림

만질 듯 말 듯
흐르는 눈물은 보고픔

터질 듯 말 듯
거친 숨결은 고독.

침묵

신음 소리 너무 작아
들리지 않아요

햇빛 쏟아지는 선창가에
무리 지어 나는 새들은
재잘재잘 바람 따라 저리 떠도는데

목놓아 불러도
바라만 보는 한숨 소리뿐

보고픔은
가슴 저리도록 저리 식을 줄 모르는데

속울음 삼키는 저 차거운 목마름 때문에
답답해 죽겠어요

그 마음 알 것도 같은데
자꾸 흥건히 눈물만 차올라요.

그때는 몰랐어요

비

홀연히 찾아와
가슴팍 질척이며

애타게 흐느끼는
구애의 신음 소리

눅눅함 퍼 올리는
뜨거운 침묵 속

아련한 속삭임만
등줄기 타고 흐른다.

첫눈

물안개로 얼룩진 외로움은
처마밑에 묻어 두고

콧등으로 기어오르는 그리움은
사립문에 끼워 놓고

생채기로 찢긴 아픔은
뒤란 그루터기 음지에 뿌려 놓고

설레임만 가슴 깊이 보듬고서
낭만 불러와
화려한 외출을 뜨겁게 키스한다.

황혼

네 품속에 안기는 동안
기약 없는 약속 재촉하듯
가슴에 푸른 막 치고
떨리는 심장을
사막으로 밀어넣으니
꺼져 가는 외로움
호롱불 등에 업고서
저물어 간다.

박덕은 作 [호롱불](2017)

제3장 어쩌다 만나

박덕은 作 [어쩌다 만나](2017)

봄·1

끝자락까지
수줍게 달아오른
풋풋함

토실토실
설렘의
숨결 고르니

아득한 그리움
눈부시게
출렁이며

환희의
호수 위로
찬란히 날아든다.

봄 · 2

돌담길 휘돌아
수줍음 사이로 도란도란

추억의 속삭임은
연둣빛으로 치장하고

그윽한 내음은
뼛속까지 스며들어
기지개 켠다

얼굴 붉히며
피고 지는 그리움은

가녀린 허리춤 휘날리며
맵시 뽐낸다.

여정

여린 영혼이 날아와
향수의 모닥불 피우다

푸르름의 날개 달고
허겁지겁 낯선 곳으로 날아간다

계절에 얽혀 온
아련한 추억도

스산한 바람 따라
등허리 스치고 날아간다

여유로움 다독이며
시간 위를 날아간다.

새벽에

달빛 그림자는
고요 속에 잠들고

실바람 휘감는 정적은
문풍지 사이로 스쳐가고

그리움으로 지새는 사연은
헛기침 소리에 놀라 돌아눕는다.

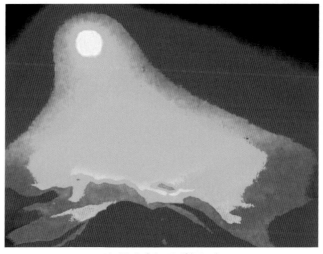

박덕은 作 [달그림자](2017)

우울증

까칠한 심장이
스멀스멀
등줄기 타고 기어오르고

뜨겁게 달궈진 전율이
멍에를 안고
부서져 간다

매운 침묵으로
비벼대는 생채기는
날을 세우고

삭정이가 된
외로움은
어스름 깔고 드러눕는다.

다육이

온종일 알몸으로
뜨겁게 포옹하고

오동통 귀여운 볼에
달큼한 키스를 하고

어쩌다 인연으로 만나
죽도록 온몸 비벼대며
사랑으로 승화되는 너

무더위 속에서도
숱한 외로움 견디며

얽히고설킨 세월을
감고 돌아

고고한 자태로
하루 하루를 연출하는 너.

어머니 · 1

한여름의 목마름처럼
달궈진 고달픔의 땀방울

베갯잇 적시며
한숨으로 지새운 밤
정갈하게 헹궈낸 그리움

고뇌에 매운 시름
가마솥 되니

닳고 흰 허리에
촉촉이 배어나
순백으로 피어난 백합꽃.

어머니 · 2

개울녘 풀벌레
윙윙 슬피 울면
아득히 들려오는 다듬이 소리

허리끈 질끈 매고
또아리 튼 물동이 위로
동동 띄운 그리움 한 조각

가시랭이 너울너울
구들장 뜨겁게 달궈 놓고

동네 아낙네들
도란도란
모래성을 쌓다가

세월의 끝자락에 서서
구겨진 주름들 사이로
시린 추억 털어낸다.

죽녹원에서

하늘 찌르는 듯
푸르름은 서 있고

향긋한 풀내음은
대숲 실바람 따라 불어오고

사색으로 물든 끝자락은
낭만을 부추기고

그대와의 추억은
짜릿한 시선 마주치며

그리움은 홀로
쓸쓸히 오솔길로 접어든다.

사랑초

가녀린 몸짓으로
나풀거리는
세월의 향기

다섯 날개 달고
시샘하듯
몸부림치는 그리움

연분홍 자락에
매달려
살랑 살랑 줄타기하고 있다.

나의 가을

햇살 누운 자리 눈부시고
추억의 숨소리
싱그러움으로 다가와
아련히 속삭인다

메마른 고독은
언젠가 그리움 속으로 들어와
향기롭게 꿈틀거리고

먼 산자락에 홀연히 파문 그리던
긴 외로움은
핑크빛 꿈 향해
계절의 끝자락을 달리고 있다.

고독

문풍지 사이로
외로움 스멀대니

텅 빈 방구석에
한 자락 깔고

설움 한 토막
부채질한다

온종일
속앓이하다

시린 눈물로
샤워하더니

차오르는 몸부림 속으로
자맥질한다.

내장산

푸르름으로 얼룩진 산기슭마다
정열의 핏물이 수줍게 물들어 가고

계곡 물줄기는
허기진 목마름 씻어내고

늘어진 가지마다
신비의 전율을 토해내고

뒤따르는 설렘은
황홀한 낭만을 부른다

노을 끝자락이 머금은 청초함은
소름 끼치는 그윽함 속으로 빨려들어

추억의 매운 시름을
환희 위에 두둥실 띄워 보낸다.

큰손자

하늘 담던
여린 꽃잎

그 청초한 숨결이
무지개 타고 와

둥지 틀고
이슬 품더니

순백의 백합으로
피어난 그리움.

첫사랑 · I

초롱초롱 눈망울 굴리고
연분홍 입술 내밀며
은빛 머리카락 휘날리던 너
항상 외로움 달래 주고
즐거움 주곤 했지

귀엽고 발랄한 애교덩어리
하루 하루 여위어 가며 젖은 꽃잎
머문 흔적마다 아픈 기억들 위로
그리움만 쌓여 갔지

터질 듯한 속울음 삼키며
애달픔 가슴속에 품고
가는 곳이 어디더냐.

■ 그때는 몰랐어요

첫사랑 · 2

신비의 날개 달고
붉은 열정으로 날아와
절절히 흐르는 단비

푸른 설렘 안고서
환상의 여린 꿈으로 피어나
나풀거리는 수줍음

잠시
꽃바람 따라 가물거리는
해맑은 황홀함.

어쩌다 만나

한 잔 술에 영혼 달래며
희미한 추억 살포시
즈려밟는다

공허한 마음 보듬고서
긴긴 그리움의 여정
한 올 한 올 꿰어
허기 채운다

결코 닿을 수 없는
애틋함
가슴 맨 밑뿌리까지
적신다

알 듯 말 듯
침묵의 벽을 허물며
까칠한 심장
뜨겁게 태운다.

비 오는 밤

바람에 씻겨진
여린 마음이
울 기운조차 없을 만큼
허허롭다

구겨진 추억 더듬다
축 늘어진 그리움 사이로
냉기 흐르는 외로움 불러와
함께 떨고 있다

처마끝에 팔랑거리는
신음 소리마저
마룻장 밑까지 기어들어
어둠 깔고 눕는다.

이러면 좋겠다

해맑은 눈으로
세상을 오래도록
바라볼 수 있다면
좋겠다

설렘과 감동을 느끼는
심장의 박동 소리
끝이 보이는 날까지
들을 수 있다면
좋겠다

밤하늘에 어둠을 밝히는
영원의 빛을 반짝반짝
비춰 줄 수 있다면
좋겠다

시들어 늙지 않는 생명이 고통 없이
맛있는 음식과 기쁨을
맘껏 누릴 수 있다면
좋겠다.

꽃이고 싶어

청초함이
사색의 나래로
수줍음 쓸어 담으면

넘치는 설렘이
가슴에 피어나는 숨결인 양
고개 내민다

욕망 머금은 빛깔
가파른 여정에
아름드리 붉은 향기 토해내며

황홀한 침묵에
얼룩진 그리움
두둥실 띄워 보낸다.

유월의 언덕

들꽃의 마음
노을 끝자락에
살며시 녹아 흐른다

짓물러진 그리움
달무리에
아련히 물들고

빼꼼히 고개 든 사연마다
차오르는 설렘 촉촉이 흩뿌리며
가슴으로 파고든다.

장날

사립문 털고 나선
아낙네 새벽길
푸성귀 보따리 이고
시끌벅적 휘저으며 걷는다

몸빼바지 펄렁이며
엉덩이 씰룩씰룩거리며

"자 싸요 싸!"
"거져요 거져!"

비릿한 추억의 그림자
종일 곁을 서성이건만

가락국수 한 그릇에
곰삭은 그리움 달랜 뒤

더디게 일그러진 세월 따라
어스레히 길을 떠난다.

나의 남편

자나깨나 앉으나 서나
그림자 같은
당신

슬프거나 괴로워도
험한 세상 다리가 되어 줄
당신

하늘이 무너지고 땅이 꺼져도
너른 가슴에 고이 품어 줄
당신

모진 고통과 아픔이 다가와도
노을에 불붙여 치유해 줄
당신

여생을 함께하다 죽어도
한몸 되어 황혼의 하늘 높이 솟아오를
당신.

■ 그때는 몰랐어요

벚꽃

연분홍 환상이
산들바람 따라
흩날리면

잔잔한 전율이
감미로움 저미듯
야윈 그리움처럼 녹아 흐른다

가지마다 머물다 간
추억의 싱그러움
가슴으로 어루만지며.

개나리꽃

얽히고설킨 인연 끌어안고
노란 눈망울 굴리다

꿈틀대는 연민으로
화려하게 치장한 채

아릿한 몸짓으로
간지럼 피우면

사월의 그리움은
설레임 부추기면서

자꾸만
수줍게 물들어 간다.

아들

험한 세상
아픔 딛고

꿋꿋이 피어오른
영혼의 빛

먼발치에서
그리움도 애태움도

꿈에라도
살갑게 안아 줄 때면

뜨거운 가슴
녹아 흐르네.

봄비

창틈 사이로 허우적대는
희뿌연 그리움

짭조름히 등허리에 스미는
기억을 뒤척인다

메마른 마음자락
수줍음 떨구면

비린내 품어
스멀대는 추억

촉촉이 숨결 되어
속삭인다.

겨울밤 · 1

스며드는 상념이
적막을 떠올리면

덧문 틈새 스산한 바람이
희미한 추억을 흔들어 깨우고

갈피에 접어둔 그리움이
한 겹 한 겹
밤새워 달그림자 새긴다

침묵은
저리 수줍게
이슬의 새벽을 더듬는데.

겨울밤 · 2

허기진 연민을
비벼댄다

부르튼 입술 깨물어도
끈질기게

빈 가슴 다독이며
고즈넉이 그리움 태워도

하염없이 흐르는 초조함이
질퍽한 심장을 짓눌러도.

겨울밤 · 3

아랫목에 군불 지펴
추억의 시린 여백 데운다

그리움의 향기로
싹 틔운 빈 자리

외로움의
실바람이 깔려도

빛바랜 독백을
치마폭에 절여 놓는다.

겨울밤 · 4

처마밑 가녀린 설레임
투둑 투둑
행여 님이신가

움츠린 그리움
적삼 고름 엮듯
문고리에 걸어 놓고

애태움
쓸어안은 채
긴 한숨 토해낸다.

당신이 떠난 뒤

금방이라도 손짓할 것 같은 설렘이
촉촉한 그리움으로 하루 하루를 보내면
밀려오는 공허가 뼛속 깊이 시려 온다

한 가닥 야윈 추억으로 속울음 누른 채
여울진 시름 끌어안고
외로움을 마신다

속절없이 퍼부어대는 눈꽃송이는
황홀한 속삭임인 양
저리 가슴 적시며 빠져드는데.

길목에서

저민 가슴 홀로 뒤척일 때
한 토막 떫은 마음
허허로움으로 자맥질한다

계절이 바뀔 때면
그리움으로 몸부림치다
굽이굽이 뒤엉킨 인연

안개구름처럼 아스라이
세월의 여정을
배낭에 담는다.

얼마나 좋을까

생채기로 시달린 자욱
비상의 손길로 어루만질 수 있다면
얼마나 좋을까

맥박 뚫고 들끓는 상념
깊이 잠들게 할 수 있다면
얼마나 좋을까

깡마른 고독의 비명을
따스한 가슴팍에 녹일 수 있다면
얼마나 좋을까

추억의 묵은 향을
힘껏 쓸어안고 묵상할 수 있다면
얼마나 좋을까.

추억

짚신 신고 지푸라기 꽈서
돌섬 짓던 희미한 그리움

물동이 머리 위에 똬리 틀고
쟁쟁 걸음하며

가시랭이 훑어
생채기로 다독이며

가마솥에 개떡 쪄서
소쿠리에 걸어 놓고
힐끗힐끗

뒤란 깊숙이 묻은 묵은지와
말라 삐뚤어진 장아찌는
새금새금

명월빛 피워 놓고
고구마 구워 먹다 쏟아지는
망매 귀신 얘기 보따리에

마구간 송아지는
목줄 맨 채
음메 음메.

박덕은 作 [추억](2017)

한실 문예창작 문우들의 작품집

오늘의 詩選集 Series

오늘의 詩選集 제1권

화장을 지우며
강만순 지음 / 144면

오늘의 詩選集 제2권

또 한 번 스무 살이 되고 싶은 밤
김숙희 지음 / 160면

오늘의 詩選集 제3권

사랑의 빈자리 될까 봐
박완규 지음 / 144면

오늘의 詩選集 제4권

유모차 탄 강아지
김미경 지음 / 112면

오늘의 詩選集 제5권

이 환장할 봄날에
신점식 지음 / 176면

오늘의 詩選集 제6권

작아지고 싶다
주경희 지음 / 176면

오늘의 詩選集 제7권

가을은 어디나 빈자리가 없다
전금희 지음 / 176면

오늘의 詩選集 제8권

쓸쓸함에 대하여
이후남 지음 / 176면

오늘의 詩選集 제9권

바람이 열어 놓은 꽃잎
문재규 지음 / 220면

오늘의 詩選集 제10권

단 한 번 사랑으로도
이호근 지음 / 176면

오늘의 詩選集 제11권

할 말은 가득해도
최승벽 지음 / 176면

오늘의 詩選集 제12권

비밀 일기
박봉은 지음 / 176면

오늘의 詩選集 제13권

꽃만 봐도 서러운 그날
한실 문예창작 동인지 제8집

오늘의 詩選集 제14권

마냥 좋기만 한 그대
최기숙 지음 / 176면

오늘의 詩選集 제15권

풀꽃향 당신
김영순 지음 / 176면

오늘의 詩選集 제16권

유리인형
박봉은 지음 / 176면

오늘의 詩選集 제17권

보고픔이 자라고 자라서
한실 문예창작 동인지 제9집

오늘의 詩選集 제18권

첫사랑
김부배 지음 / 176면

오늘의 詩選集 제19권

나는 매일 밤 바람과 함께 사라진다
박덕은 지음 / 240면

오늘의 詩選集 제20권

오늘도 걷는다
유양업 지음 / 176면

오늘의 詩選集 제21권

내 사람 될 때까지
전춘순 지음 / 176면

오늘의 詩選集 제22권

처음 사랑
한실 문예창작 동인지 제10집

오늘의 詩選集 제23권

당신에게 · 둘
박봉은 지음 / 176면

오늘의 詩選集 제24권

그 누가 다녀간 것일까
진금희 지음 / 206면

오늘의 詩選集 제25권

한 잔 술에 가둘 수 없어
이후남 지음 / 164면

오늘의 詩選集 제26권

그리움 머문 자리
이인환 지음 / 176면

오늘의 詩選集 제27권

사랑의 콩깍지
김부배 지음 / 176면

오늘의 詩選集 제28권

사랑은 시가 되어
최길숙 지음 / 176면

오늘의 詩選集 제29권

그리움이라서
이수진 지음 / 176면

오늘의 詩選集 제30권

그리움 헤아리다
배종숙 지음 / 176면

오늘의 詩選集 제31권

아직 끝나지 않은 이야기
장헌권 지음 / 176면

오늘의 詩選集 제32권

마냥 좋아서
한실 문예창작 동인지 제11집

오늘의 詩選集 제33권

그리움의 언덕에 서다
김부배 지음 / 176면

오늘의 詩選集 제34권

사찰이 시를 읊다
이수진 지음 / 176면

오늘의 詩選集 제35권

그대는 나의 누구인가
한실 문예창작 동인지 제12집

오늘의 詩選集 제36권

사랑은 감기몸살처럼
박봉은 지음 / 176면

오늘의 詩選集 제37권

그때는 몰랐어요
정주이 지음 / 176면

한실 문예창작 동인지

한실 문예창작 동인지 제1집
『한꿈』

한실 문예창작 동인지 제2집
『한꿈』

한실 문예창작 동인지 제3집
『당신의 쓸쓸함은 안녕하십니까』

한실 문예창작 동인지 제4집
『목련은 흔들리고 있다』

한실 문예창작 동인지 제5집
『그래도 한쪽 가슴은 행복합니다』

한실 문예창작 동인지 제6집
『좋은 걸 어떡해』

한실 문예창작 동인시 세7집
『아직도 사랑인가 봐』

한실 문예창작 동인지 제8집
『꽃만 봐도 서러운 그날』

한실 문예창작 동인지 제9집
『보고픔이 자라고 자라서』

한실 문예창작 동인지 제10집
『처음 사랑』

한실 문예창작 동인지 제11집
『마냥 좋아서』

한실 문예창작 동인지 제12집
『그대는 나의 누구인가』

오늘의 수필집 Series

오늘의 수필집 제1권

그곳 봄은 맛있었다
최세환 지음 / 288면

오늘의 수필집 제2권

바람 따라 구름 따라 별빛 따라
유양업 지음 / 288면

개별 작품집

고목나무에 꽃이 핀 사연
김영순 시집

당신만 행복하다면
박봉은 제1시집

시가 영화를 만나다
장헌권 시집

한가한 날의 독백
고영숙 시·산문집

세월이 품은 그리움
김순정 시집

백지 퍼즐
신명희 제1시집

늘 곁에 있는 다른 나처럼
정연숙 시집

당신
박덕은 시집